Impressions

Natacha Minghetti Majorana

Impressions

Recueil de textes et bribes de vie

Mentions légales

Édition : BoD – Books on Demand,
12/14 rond-point des Champs-Élysées, 75008 Paris
Impression : BoD - Books on Demand,
Norderstedt, Allemagne

ISBN : 9782322375004
Dépôt légal : Février 2022

À l'Amour pur et innocent, à l'Amour qui dure et traverse le temps!

Ai- je eu besoin de tant d'audace pour me détruire et tant d'outrages pour me construire !

A nous….

J'aime le Paris des artistes et des grands boulevards.

A Paris la mélancolie des Romantiques chante toujours dans les ruelles secrètes qui jamais ne se dévoilent.

A Paris la pénombre danse à la lueur des réverbères qui jamais ne s'éteignent.

J'aime le Paris des bords de Seine et celui des cafés remplis de poèmes.

J'avais à peine 10 ans la première fois que mes parents m'emmenèrent à Paris. J'ai tout de suite été fascinée par cette énorme ville qui semblait ne jamais dormir. Le retentissement des sirènes qui s'accentuait la nuit pour parvenir jusqu'à ma chambre d'hôtel me laissait sans voix lorsque je réalisais que les parisiens étaient habitués à chercher le repos au milieu de ce chaos.

Les journées étaient si remplies de visites que pour la première fois j'avais l'impression d'avoir un trop-plein : trop d'émotions, trop d'architecture, trop de peintures et de boutiques d'antiquaires, trop de livres, trop de poésie, trop de tout.

Mon trop à moi en temps normal ne me submergeait jamais. Beaucoup d'activités sportives et artistiques à côté de mes études remplissait mon agenda de la semaine mais étrangement c'est bien ce trop-plein qui me tenait alerte, énergique et heureuse. Dans ce Paris magnifique j'avais envie de tout voir, tout saisir, tout m'approprier en un laps de temps si court que le séjour d'une semaine se profilait comme une course contre la montre.

Petite déjà, je dévorais les livres comme on dévore des yeux quand on est amoureux. Avant d'apprendre à lire je devais me contenter de regarder les images alors que mon regard n'était attiré que par les caractères qui défilaient sous les doigts de ma mère et je voulais être capable de faire la même chose, très vite, très fort.

En guise de cadeau, je demandais toujours des crayons pour écrire et du papier. C'était mon bonheur absolu que de faire semblant d'écrire un grand roman, le plus beau de la Terre, le plus bouleversant.

Sauf que j'ai toujours eu un appétit vorace et à côté de l'écriture, je voulais aussi être médecin, profiler, danseuse, océanographe, archéologue et tout ce qui pourrait afficher un sourire de contemplation sur mes lèvres.

J'aimais la vie plus que tout, cette vie réglée comme un métronome par un agenda tenu par ma mère et qui m'ouvrait chaque jour sur une activité différente et qui comblait ce besoin si violent de tout connaître.

Je ne demandais pas grand-chose, peut-être parce que j'avais tout ce qu'il fallait au moment où il fallait. Mais aussi parce que j'ai toujours été très modeste dans mes prétentions. Je trouvais mon bonheur n'importe où, accompagnée ou seule, avec mes camarades de jeu ou à l'école. Je ne parvenais pas à expliquer comment je réussissais petite déjà à faire avec rien mon tout. Sans doute, aujourd'hui je peux le dire, ceci était dû au fait que je pouvais rêver ma vie des heures durant, mais la réalité c'est que je ne rêvais rien, je planifiais, me fixer des buts, des objectifs à atteindre que je revoyais et réorganisais au fur et à mesure que la vie avançait. Je me mettais en situation mentalement, j'esquissais mes futurs projets dans telle ou telle circonstance de la vie, tout en analysant les répercussions qu'elles allaient engendrer et je me promettais tout bas: «cela va arriver comme tu le penses et quand ça arrivera tu sauras déjà comment faire».

Mon éducation était stricte mais empreinte d'amour. J'avais des règles à respecter et très vite on m'expliqua le bien et le mal. Ce que l'on ne m'a pas expliqué en revanche c'est que le mal même si vous ne le provoquez pas peut vous revenir en pleine face. Une injustice dont j'avais du mal à admettre l'existence et qui changera le courant d'une partie de ma vie, car dans mes projections, jamais je ne me voyais devoir interagir avec des malfaisants et j'allais tomber de très haut à très bas dans l'abîme et les pièges de ceux qui n'ont pas reçu les mêmes valeurs que vous.

J'étais fort timide, réservée devant des inconnus, alors qu'entourée de ma famille j'étais une enfant expansive et bien dans ma peau.

Elevée depuis l'âge de 5 ans dans un pensionnat catholique ouvert d'esprit en matière d'appartenance religieuse puisque fréquenté par des élèves de toute nationalité et religion, j'y ai appris à comprendre, respecter les différences et à les voir comme une richesse et une chance. Et c'est bien ainsi qu'il faut les voir.

La poursuite de l'apprentissage de valeurs humaines se fit donc dans cette école tenue par les religieuses Marcelines jusqu'à mes 15 ans puis dans une école tenue par les Chanoines du Grand St-Bernard de mes 16 ans et jusqu'à l'obtention de ma maturité fédérale, sésame ouvrant les portes de l'Université. De 5 à 15 ans je ne côtoyais pas la gent masculine puisque mon école n'était pas mixte. Cette époque mystique, car oui c'est ce que je ressentais souvent, me donna presque l'envie de rentrer dans les ordres….Cela changea lorsque je rejoignis l'autre collège, qui devint mixte pour la première fois l'année où je commençai mes études là-bas. L'envie de rentrer dans les ordres pâlit de jour en jour jusqu'à disparaître complètement sans que je n'y prête attention.

Petit à petit du haut de mes 16 ans fraîchement acquis, je rejoignais le clan des copines qui avaient eu avant moi le droit de sortir le soir, de participer à des fêtes chez les amis, d'aller au cinéma ou au restaurant et de passer les dimanches à s'amuser.

Mes activités artistiques, sportives et estudiantines ne changeaient pas, elles captaient toujours autant mon attention.

Puis le trou noir. La descente lente et progressive vers un endroit que je ne connaissais pas, dont je ne pouvais même pas soupçonner l'existence tant j'avais été protégée mais surtout gardée loin de ces torpeurs. Je faisais comme si j'embrassais la vie comme elle venait : est-ce cette erreur qui me plongea un après-midi dans les bas-fonds de la manipulation perverse que je m'apprêtais à subir.

C'est à 16 ans et demi que la vie allait me mettre sur un chemin tortueux par un dimanche après-midi, ensoleillé et joyeux. Je me suis laissée entraînée dans une histoire que je ne voulais pas plus que ça, que je pensais pouvoir cesser à tout moment mais lui en avait décidé autrement. Il a compris l'aubaine de rentrer dans ma famille bien avant que je ne me rende compte que ce qu'il recherchait c'était tout ce qu'il n'avait pas et que ma timidité et ma naïveté lui laisserait tout loisir de m'enchaîner.

Les mises en garde de mes amis, leur consternation dans ce choix que je n'avais pas fait consciemment, les laissaient muets. L'auto-conviction feinte que j'affichais avait sans doute fini par les convaincre que ce garçon était ce que je désirais….mais il n'en était rien, bien au contraire. A nouveau je me suis sentie responsable d'avoir entrouvert la porte avec ma gentillesse légendaire. Je devais dès lors assumer. De son côté, ce garçon échafaudait sans ménagement son plan pour s'ancrer dans ma famille, causant les conflits, ma tristesse et créant un fossé qui ne cessait de s'agrandir au fil des années.

Il faudra plus de 20 ans pour compléter ma transformation qui me trouve aujourd'hui moins fragile, plus méfiante, plus consciente et me défaire d'un abîme dans laquelle je m'étais laissé emporter.

Il me glisse entre les doigts ce temps auquel je ne croyais pas. Il s'efface de ma mémoire cet espace que je ne voyais pas. Le futur, je l'envisage mais le passé me dévisage et d'aussi loin que je me souvienne, je ne suis ni d'ici ni d'ailleurs. Je viens de plus loin, de ce lieu parfumé de mystère où le clair de lune et le soleil se dévisagent et s'envisagent, de ce lieu éphémère où le loup et l'aigle tracent chacun leur chemin sur la terre et dans le ciel. Deux chemins qui se frôlent pour l'éternité dans un mirage.

Il n'y a pas d'endroit plus parfait que celui qu'on trouve derrière les portes d'un mystère et les volets d'une prière.

Il n'y a pas de plus doux moment que cet instant de nuit, lorsque d'âme à âme, en silence on se réunit. S'envelopper d'un souvenir pour se caresser d'un sourire, se regarder avec le cœur pour ne jamais avoir peur.

S'apercevoir qu'on n'est jamais parti et que nous sommes d'ici.

Ce n'était pas moi: j'étais la coulée de
lave qui lentement et inexorablement
se traîne jusqu'au point de non-
retour. En haut de cette allée de
déshonneur où m'attendait un destin
qui s'impose, je gravais sur un pan
de ma longue robe blanche ce passé
bienheureux comme une relique
sacrée et tatouais déjà sur l'autre pan
les prémisses d'un avenir enfanté
par les vestiges du passé de cet autre
que moi.

Chacun de mes pas résonnait sur le
sol en vieilles pierres, témoin
habituel de tant de bénédictions et de
ferveur. A mesure que j'avançais les
vieilles pierres prirent l'aspect de

sables mouvants et du même aspect mes espérances et mon courage se vêtirent.

Les saisons et la raison passèrent et avec elles passèrent aussi le soleil et la lune.

La lave se figea des années durant enfermant dans son cœur une chrysalide et un soupçon de vie que réchauffait tant bien que mal ma relique sacrée.

Détruire, ni plus ni moins. Telle est sa mission.

Il reviendra autant de fois que nécessaire tant qu'il restera une étincelle d'amour-propre chez vous.

Il s'appropriera vos qualités en vous vidant de votre essence, vous poussera à l'erreur pour son bien à lui, puis vous reprochera cette même erreur qui vous rend indigne de lui.

Il collectionnera vos manquements qu'il aura provoqués et les utilisera contre vous avec l'aplomb de celui qui se pense au-dessus de tout.

Il réussira à convaincre grâce à ses ronds de jambes et ses pirouettes savamment apprises depuis l'enfance qu'il n'a jamais eue et vous serez pointée du doigt, impertinente que vous êtes ! Pour ne pas reconnaître en lui l'art de la danse et ne pas percevoir la chance qui est la vôtre d'avoir été choisie par un hasard qui n'en était pas un et qu'il a créé tout spécialement pour vous.

Il dénigrera tout ce qu'il a admiré chez vous au premier rendez-vous, vous isolera des amis qui seraient en mesure de voir la flamme de votre cœur s'éteindre peu à peu. Il séduira votre famille en leur servant des mots trempés dans l'opium qui endort. Il vous reprochera votre laisser aller dont il est le seul responsable, vous accusera d'aguicher si vous faites des efforts.

Il jugera votre niveau intellectuel comme défaillant en se basant, non pas, sur une échelle de valeurs, mais sur l'échafaud des reproches.

Il vous fera douter de vos compétences avant de les renier une fois pour toute à mesure que vous sombrez. Il vous encensera en public et vous censurera à l'abri des regards. Il aspirera jusqu'à l'oxygène que vous respirez pour vous priver du souffle de vie. Il hurlera, puis vous reprochera de le faire hurler.

Il choisira et pèsera chacun de ses mots qu'il chargera dans le barillet de sa bouche avec l'intention préméditée de tuer tout espoir et toute espérance en vous. Il jouera avec vous à la roulette russe, chaque soir, chaque jour, et il ne sera jamais coupable puisque c'est votre doigt à bout de force qui se place sur la détente.

Il volera votre sourire pour le mettre sur ses lèvres. Il vous ôtera toute fenêtre de tir pour vous en sortir et les remplacera par de cyniques miroirs aux alouettes qui vous renverront en pleine face tout ce que vous n'avez pas.

Vous baisserez le regard devant lui pour préserver votre âme de son âme noire.

Il étalera des prières récitées dans une église au hasard, église qui perdra de sa clarté lorsqu' il y pénètre.

Vous parlerez de moins en moins jusqu'à atteindre le silence qui soigne.

Vous apprendrez à ne plus entendre et en vous évadant dans les rêves que vous ne pouvez faire que de jour. La nuit vous prierez pour que l'obscurité vous cache. Vous ne pleurerez plus tant la source est tarie. Vous visiterez les églises en quête de sursis.

Vous choisirez de le croire sur parole plutôt que sous les cris.

Vous comprendrez qu'il peut neiger en plein été.

Vous vous remémorerez les premiers vertiges de l'amour avec celui auquel vous avez dû renoncer alors que lui vous aimait vraiment. Il ne restera désormais que les vertiges.

Vous aurez toujours froid et de façon subversive, vous commencerez à voir en noir et blanc, comme un chien.

Il s'adoucira devant votre pâleur, car il n'a pas fini de jouer, exprimant ses inquiétudes sur votre comportement incohérent. Il fera cela en public et le destinera à un public de premier choix: ces gens qui vous aiment et vous connaissent si bien.

Il confirmera ce qu'ils savent déjà :
vous avez un fort caractère, de
l'aplomb et de la répartie à revendre.
Ils croiront dès lors, à la douceur de
ses gestes, le plaindront même, ne
verront pas la torpeur engendrée par
la souffrance, le protégeront souvent
de vos appels à l'aide qu'ils
percevront comme des critiques
envers le plus fabuleux magicien du
monde.

Il versera quelques larmes feintes, ces
larmes qui coulent sans peine, non
pas par votre faute mais par la faute
de ses nuits blanches, sales, hors du
foyer.

Il rentrera pour attiser le feu de ce
foyer en y jetant quelques embûches
de plus.

Vous en ferez toujours trop ou pas assez, vous perdrez le sens de l'équilibre. L'harmonie et la joie vous tourneront le dos pour laisser place au néant. Vous n'aurez plus ni passé ni avenir, vous aurez presque autant de répit qu'un insecte pris dans la toile de l'araignée. Presque...car le coup de chance pour vous n'existe plus....reste juste le coup du sort qui s'acharne.

Vous ne compterez plus en années, mais en heures, en minutes et finalement en secondes. La confiance se muera en méfiance et sans encore le savoir, voilà le futur combat qui vous attendra une fois partie: tuer la méfiance.

Votre répit quotidien durera exactement le temps qu'il vous faut pour ouvrir vos yeux au réveil avant que la réalité vous rattrape.

Il vous faudra apprendre à utiliser ces instants éphémères de lucidité quotidienne pour élaborer "Le plan secret du reste de votre vie", les mettre bout à bout, durant des jours, année après année avant de jouer le rôle le plus important qu'il vous aura été donné de jouer.

Vous ramasserez à terre chaque miette de vos forces évanouies pour les réanimer.

Alors vous partirez, seule, le monde entier contre vous qui vous accuse de détruire, de mentir, de ne pas être

à la hauteur. Vous admettrez alors
que ce monde entier a raison....vous
détruisez, oui, les barreaux d'une
prison où votre âme fut enfermée.
Vous mentiez, oui, pour pouvoir
garder secret le plan de votre vie.
Vous n'êtes plus à la hauteur, oui,
trop d'années vous ont fait côtoyer
les abysses d'un mental en
souffrance.

Il va falloir apprendre à reconstruire
les vestiges qui vous habitent, à dire
la vérité en confiance et vous
convaincre qu'on peut prendre de la
hauteur avec les ailes du courage qui
elles ne s'achètent pas. Mais vous le
ferez car vous aimez la vie plus que
tout et qu'il est possible de s'aimer

soi-même à nouveau même contre le monde entier.

Si on attend de moi que
j'accuse, passez votre chemin, je n'ai
pas le temps pour ça et si on attend
de moi que je pardonne, tournez les
talons, je n'ai pas ce pouvoir.

Ne vous méprenez pas lorsque je
baisse la tête devant certains d'entre
vous.
Ce n'est que pour éviter de vous
regarder.
Ce n'est ni un signe de faiblesse, ni
un signe de respect.
Les yeux étant le miroir de l'âme, je

préserve la mienne en évitant la vôtre.

Je m'évadais souvent dans le seul endroit où personne ne pouvait me trouver, ma tête. J'ai été élevée pour réfléchir à la lumière des enseignements qu'on m'a légués et des valeurs inculquées. Cette capacité à analyser, planifier avec un soupçon d'imagination a été mon salut, sans aucun doute.

Il y a peut-être des gens qui pour marcher droit doivent marcher de travers sans pour autant être personne. J'ai marché de travers une bonne partie de ma vie avant de trouver ma route, riche de ce que j'avais reçu, riche aussi de ce que j'avais subi.

J'ai cessé d'écouter tous les mots car les mots peuvent mentir, pour me concentrer sur une attitude, un silence, un regard de l'autre qui accompagnait ses mots en décalage et j'ai compris alors que mon âme était en danger immanquablement.

J'observais la nature en secret tant mes sorties seule avec mon chien prêtaient à soupçon....j'allais apprendre par cœur, imprimer dans ma mémoire les feuilles d'automne que je foulais de mes pieds comme je foulais ma propre vie, leur capacité à résister après avoir été réduites en miettes, se fondre dans la terre et renaître sous une autre forme : Un cycle discontinu où rien ne se perd vraiment. Cela donnait de l'espoir. Le chant libre des oiseaux résonnait comme le chant précurseur de ma future libération. Ces oiseaux, qui malgré le froid et la nourriture plus rare à mesure que l'hiver approchait, continuaient à voler dans un ciel menaçant et à chanter de toutes leurs forces comme si demain n'était pas un problème m'enseignaient les bienfaits de la persévérance que j'avais depuis trop longtemps oubliée.

Le bruit des vagues d'un lac me renvoyait les souvenirs évaporés d'un temps plus doux, plus insouciant, éloigné de toute tâche du destin différent de celui imaginé alors. Ce temps qui aurait dû servir à m'élever encore.

Au gré du vent ou par la force du destin, avoir fléchi n'est pas un outrage et peut mener à se reconstruire

J'ai tellement prié pour l'inespéré qu'il a fini par arriver.

Les conseils

Aujourd'hui grand et énorme coup de gueule contre les quelques personnes qui, au travers du très en vogue et vague développement personnel, se sont achetées récemment une conscience. Sans pour autant vouloir les blesser avec mes propos, je prends la liberté cependant de le faire tant le risque est minime de voir apparaitre la moindre égratignure causée par moi puisqu' on ne peut pas blesser ceux qui n'ont pas de d'émotions. Et quand bien même, ça leur fera les pieds à défaut de pouvoir leur mettre le mien dans leur séant.

Une âme noire reste noire. Votre toute fraîche acquisition en matière de conscience et de bouquets que vous vous enfoncez dans le postérieur chaque matin pour faire croire que vous sentez la rose n'y changera rien. Non ! ...Votre odeur malsaine d'esprit malsain dans un corps tout aussi malsain se propage bien plus loin que vous ne le souhaiteriez, peu importe que vous l'éclairiez par la méditation sur les coussins de votre soi-disant bonheur qui composent votre foyer aussi vide que votre cœur et votre tête, ou par les petites fleurs qui vous émerveillent et qui dessinent sur votre visage un sourire béat et si stupide ! Une âme ne s'achète pas, vous naissez et mourrez avec la vôtre, sale, dans cette vie et dans les suivantes. Une âme ne peut que se vendre au diable et vous le savez!

Cessez donc vos jérémiades sur le sens retrouvé de la vie après avoir découvert que vous n'existiez que pour faire plaisir aux autres. Non ! La vérité c'est que vous n'avez jamais été un plaisir pour personne avec votre âme sale. Vous avez été une déchéance, une erreur, une tragédie abjecte, une arnaque.

Vos manigances fonctionnent sur les esprits faibles ou perdus uniquement!

Aucune bougie parfumée, aucun encens ne pourra changer la couleur votre âme. Arrêtez de donner des leçons sur le sens de la vie, vous n'avez même pas conscience d'être vivant, arrêtez de prétendre être capable d'aider vos victimes à trouver un sens à la leur alors que vous vous-même n'avez aucun sens, ni bon ni mauvais. On se construit dans la vie sur des bases préexistantes plus ou moins solides, les vôtres se sont construites sur de la boue, ne venez pas par jalousie, nous souiller, ni créer le désordre et le chaos chez ceux qui ont eu plus de chance que vous en matière d'éducation et de valeurs.

Cessez de parler de conscience et de maîtrise de soi alors que le plus clair de votre temps vous le passez à maitriser les autres, à les vider de leur essence, à les rabaisser, les diminuer, les blesser. Comment pouvez-vous parler de changement, d'évolution, vous, les maîtres d'un univers statique.

Arrêtez de déverser de la gratitude sans savoir ce que cela signifie, de parler de la puissance des choix et des possibilités que vous n'offrez qu'à vous-même.

Non, vous n'êtes pas un cadeau, vous êtes un poison. Vos carpe diem sont vains, vous êtes intemporels et constants dans votre noirceur. Tous les chants des oiseaux que vous vous targuez d'avoir en adoration aujourd'hui ne sont que le chant des corbeaux et des vautours qui composent votre matière.

Cessez de nous parler du printemps merveilleux, de l'été chaleureux, de l'automne bienheureux et de l'hiver ressourçant, vous êtes Hors saisons.

Et pour finir gardez-vous bien de trop en faire le trop est l'ennemi du bien et sur le terrain du bien vous avez déjà perdu la guerre.

La beauté, la gentillesse, l'amour, la confiance....sont un art, et vous n'y aurez jamais accès car vous n'existez que de l'autre côté de cette forêt luxuriante de
bienveillance, infranchissable par vos âmes noires au risque de vous brûler les ailes que vous n'aurez jamais.

La voie lactée

Elle portait sur son visage la douleur de l'oubli.

Elle était dotée de cette beauté façonnée par la liberté et l'expérience où se devinent encore les traits fins de l'esquisse qui l'ont vue naître.

Elle n'était ni prédestinée ni condamnée à suivre un chemin alors elle marchait comme on marche sur la voie lactée.

Avec autant de confiance que de confusion, elle tissait son futur au fil de l'eau et parfois au bord des précipices.

Elle adorait tendre l'oreille pour écouter ses propres silences. C'était sa façon à elle de se reconnaître.

Elle pleurait rarement mais compensait l'absence de larmes en bénissant les jours de pluie.

Elle les aimait comme on aime pour la première fois.

Elle tenait des colloques ici-bas avec les absents de là-haut et leur racontait ce qu'ils savaient déjà.

Elle se promenait sans but, surprise de découvrir ce que le jour allait lui offrir.

Au détour d'un chemin comme au détour d'une saison, elle ramassait les éclats de miroirs que la vie dans son immense bonté lui offrait. Elle les gardait précieusement, tantôt pour les reconstruire tantôt pour les détruire.

Elle choisissait avant de s'endormir les rêves qui viendraient la hanter. Parfois pour les vivre, parfois pour les tuer.

Elle riait aux éclats pour s'échapper et se cacher. Elle savait que nous ne sommes que des étoiles filantes et c'est ainsi qu'elle vivait.

Avec les années j'ai appris à prendre du recul et ignorer ceux qui m'exaspéraient. C'est comme faire une halte sur un sentier, se cacher derrière un arbre et attendre que l'être qui vous exaspère passe son chemin sans vous voir. J'ai gagné, certes, en apaisement et j'ai gagné tout court en un peu plus de 20 ans.

Toutefois, je constate qu'ils arrivent de partout et sont de plus en plus nombreux sur ce sentier.

Obligée de changer de méthode, je m'élève et regarde de haut ces clowns sans chapiteau qui traînent sous leurs épaisses et funestes semelles les miettes de leurs victimes consentantes.

Laissez-moi vous présenter, à contre cœur, les Narcisses manipulateurs et leurs miroirs aux alouettes.

J'ai la nostalgie d'un temps que je n'ai pas connu. Celui où les hommes portaient leur virilité autrement qu'en pendentif un jour sur cent.

Ils la portaient comme il se doit en la parant de bravoure et d'honneur. Le courage nu dans la pénombre du petit matin, dos à dos s'éloignant de dix pas, ils se retournaient face à face, yeux dans les yeux et lavaient les affronts.

Le soleil à peine voilé faisait naître un jour de plus pour l'un tandis que la lune emportait l'autre dans le sommeil. Ni la raison ni le tort ne garantissaient un vainqueur.

Bien sûr, l'injustice déjà trainait ses guêtres. La seule certitude était de pouvoir plonger son regard une dernière fois dans les yeux de l'ennemi tout coupable ou innocent qu'il fut. Que reste-t-il aujourd'hui? Des mots- poignards reçus sans rendez-vous et sans motif par un ennemi inconnu caché derrière un écran? Des paroles-projectiles rapportées par d'autres bouches et de fait impossibles à fermer? Le soleil et la lune, témoins absents d'un combat à sens unique où il n'y a plus ni vainqueur ni vaincu, marquent notre temps du sceau de la décadence et de l'ennui.

Non je ne suis pas féministe.

Je n'entrerai jamais dans ce combat.
Ce serait comme mettre en évidence
et reconnaître un déséquilibre entre
hommes et femmes. Je ne l'accepte
pas et considère qu'ignorer ce
déséquilibre est le meilleur moyen de
le tuer.

J'exige le même respect envers moi
de la part d'un homme comme de la
part d'une femme, respect que je
m'impose de donner à mon tour à
tous.

J'ai tout simplement choisi tout au
long de mon parcours de ne me

considérer ni plus faible ni meilleure,
ni moins méritante ni plus capable
que tout un chacun: hommes et
femmes confondus.

Je détesterais porter des pancartes en
scandant des slogans nés un soir de
pleine lune trop arrosé ou d'un matin
fatigué par une nuit de chagrin.
Je détesterais haïr à tout va,
emportée par les cris de revanche de
mes congénères mal dans leur peau.
Je préfère ignorer que plus de 50 ans
n'auront pas suffi à gagner ce qu'en
fait on n'a jamais perdu: le pouvoir
de s'imposer en douceur et d'obtenir
l'équivalent comme si de rien n'était.

Ceux qui vivent sur l'ourlet de votre champ de bataille accourent sur le sol de votre victoire pour butiner tout ce qui brille.

Tant que le tournoi bat son plein, ils portent sur leur faciès l'outrageux masque de l'observateur prêts à commenter votre défaite tout en tournant les talons. Votre victoire éclate et tous leurs gestes se transforment en un ballet effréné de ronds de jambes et de farandoles.

Ils se souviennent émus des bons moments passés ensemble alors que vos souvenirs parlent de solitude et de critiques acérées. Ils se remémorent le partage, que vous percevez aujourd'hui tel qu'il était en vérité : inéquitable et à sens unique. Ils clament leur soutien indéfectible et la confiance mutuelle, rompue à vos yeux depuis longtemps. Pauvres fous ! Pourront-ils seulement savoir combien les yeux s'ouvrent lorsque subitement on devient l'alliée du succès ?

Il y a dans ma mémoire un coin que je nomme oubliettes et j'y enferme pour toujours les ronds de jambes et les farandoles.

J'ai reçu de la vie des volées de bois vert et des encouragements éphémères. J'ai parfois accepté des soutiens maladroits et tant de coquilles vides.

J'ai été malencontreusement séduite par des compliments intéressés vantant ma force à toute épreuve qui les arrangeait parfaitement.

J'ai écouté, écœurée, les sous-entendus glissés tout bas dans le creux de mon oreille qui me susurraient que le mal ne serait qu'un mauvais souvenir. C'est bien là le problème...le souvenir.

J'ai acheté à foison les mauvaises expériences vendues comme des expériences enrichissantes alors que je n'en tirais pas un copeck de joie ou de paix.

J'ai cru avec force et courage lorsqu'on m'affirmait que l'essentiel était de surmonter les écueils alors que je n'avais pas signé pour gravir mais pour grandir.

J'ai vécu parfois un duo de contrefaçon lourd comme du papier buvard et collectionné frénétiquement les avis pessimistes comme on collectionne les bijoux de pacotille.

Je me suis réveillée en sursaut devant tous ces êtres bien réels qui brillaient sans éclat par leur absence ou par leur insistance.

Les souvenirs sont devenus des leçons, les compliments se sont transformés en méfiance, les sous-entendus et les avis ont pris la forme d'un monstre qu'on provoque, qu'on trompe et qu'on tue.

Maman,

Je me souviens avoir ouvert ta boîte à trésors lorsque j'avais 8 ans.

Il y avait beaucoup de papiers et un en particulier avait attiré toute l'attention dont je pouvais être capable à mon jeune âge.

Je suis venue chercher une réponse vers toi et papa sur ce papier particulier et vous m'avez expliqué.

Puis tu m'as dit que je ne devais pas mettre mes petites mains d'enfant dans cette boite à trésors car elle serait à moi en temps voulu.

Je ne me suis plus jamais approchée d'elle depuis.

43 ans sont passés et cette boîte aujourd'hui est la mienne.

Je n'ai pas trouvé la clé, mais elle s'est ouverte sans problème, avec mon cœur et toute mon âme.

J'ai compris en l'ouvrant l'autre soir, et je t'avoue que c'est la première chose que j'ai faite, ta vie, celle de papa, la mienne....toute une vie dans ce petit coffret qui renfermait toutes les réponses à mes questions et même aux questions que je ne me posais pas....Il y a, il est vrai, un temps pour tout, la patience est une vertu mais elle existe surtout pour rythmer la connaissance, les réponses aux questions, réponses si précieuses pour comprendre qui on est, d'où on vient et ces réponses si elles arrivent trop tôt ne peuvent être mesurées à leur juste valeur.

Mes petites mains d'enfant n'auraient pas été assez grandes.

Tu as eu raison, il fallait que je me construise en marge du contenu de la boîte, évitant ainsi les idées préconçues nourries par l'ignorance, les préjugés, fruits possibles de méchancetés et les avantages qui m'auraient rendue peut-être prétentieuse.

Tu m'as appris que les seuls combats gagnés d'avance sont les combats où l'on a rien à perdre, puisque l'énergie qu'on y met est toute entière et sans peur d'y laisser quelque chose de précieux. Les combats des lâches, de ceux qui manigancent. Ceux-ci ne devront jamais être les miens. La noblesse n'est pas affaire d'argent, elle coule dans les veines et je me devais de respecter « le rang », je n'avais pas besoin de savoir, tu avais raison.

Sauf que dans la vie, nous avons tous et toujours quelque chose à perdre : notre paix, notre dignité ou notre sens de la justice. Les batailles doivent être menées pour le bien, pour le juste ou pour se défendre de tout ce et ceux qui veulent nous détourner du droit chemin.

Pour rester digne il faut savoir assumer ses propres fautes et ses propres choix. Il y a des choix que tu as su m'éviter de faire et je sais aujourd'hui pourquoi. Il y a des erreurs que tu m'as appris à assumer et à traverser pour me responsabiliser et me rendre consciente de l'importance de nos actes et de leurs conséquences, m'évitant ainsi d'être lâche.

C'est ce que tu m'as appris à faire sans vouloir l'exprimer en donnant juste l'exemple. Je n'ai pas toujours compris, j'ai dû prendre cela pour argent comptant sans avoir l'explication logique qui me tient tellement à cœur dans tout ce que j'entreprends, percevant uniquement qu'il fallait juste obéir, en confiance.

A tous ceux qui perdent confiance, et à ceux qui visent l'espérance, à ceux que le temps consume et ceux que le temps guérit, à ceux qui ne savaient pas et découvrent aujourd'hui, à ceux qui n'ont jamais abandonné et ceux qui se sont affaiblis, à ceux qui savent écrire et ceux qui ne savent pas le dire et enfin à tous ceux pour qui il est trop tard et ceux qui choisissent qu'il est encore temps, j'aimerais dire que ce n'est que récemment que j'ai pris la mesure de tout ce qui m'a été transmis par toi, et la boîte à trésor a fait le reste.

Tu m'as appris à être juste, généreuse, tu m'as appris à être forte et fière, de cette magnifique fierté qui ne s'étale pas et que l'on peut ressentir tout au fond de notre cœur lorsqu'on sait rester digne, discrète, honnête et sincère.

Je mesure aujourd'hui l'importance de ces mots, on ne pleure pas pour tout et rien : tu as raison là-dessus aussi : les larmes sont des bouts de notre âme qui s'envolent, elles ne méritent d'être versées que pour des causes justes et de justes raisons ou pour apaiser une peine.

Les je t'aime n'ont nul besoin d'être dits tous les jours, ils se prouvent par des actes quotidiens et se collectionnent dans les boites à trésors des mamans.

Tu avais tout à perdre pour me construire telle que je suis....et pourtant tu as tout gagné parce que je veux te dire MERCI pour avoir fait de moi celle que je suis aujourd'hui et celle que je serai demain.

Pour répondre à ta question, mais nous avons eu l'occasion d'en parler toi et moi récemment, oui Maman j'ai compris pourquoi il est important d'être cultivée et éduquée car l'ignorance est dangereuse, j'ai compris pourquoi la musique, la danse, la lecture, les arts en général sont salvateurs, car ils font parler notre sensibilité, j'ai compris pourquoi le sport est salutaire car il faut soigner le corps et le respecter autant que l'esprit, j'ai compris toutes ces choses que tu m'as offertes car ce n'était pas dans le but de passer le temps mais de se construire une vie pleine, une vie aussi belle et entière que possible, j'ai compris pourquoi il faut s'entourer au maximum de belles personnes, de personnes éclairées, de personnes qui réfléchissent et qui partagent les mêmes valeurs. Tu as choisi pour la petite fille que j'étais des chemins qui m'ont fait rencontrer des milieux et des gens merveilleux, hors norme.

Tu m'as appris la générosité car nous n'avons pas tous la même ou les mêmes chances et que nous devons aider ceux qui croisent notre route s'ils sont affaiblis, je me souviens des kermesses chez les sœurs, de nos après-midi aidant les démunis, les malades, les retraites à Lourdes où tu m'as envoyée seule à 9 ans avec les sœurs mais sans toi ! Seule, pour que je ne me cache pas derrière tes jupes mais apprenne par moi-même, pour expérimenter le courage d'affronter ce que nous n'osons pas regarder en face : la maladie, la souffrance, la pauvreté, la douleur.

J'ai compris pourquoi il faut avoir des valeurs et non des principes, pour soi-même et à transmettre, car elles sont des garde fous, parce que les principes donnent l'impression d'avoir été imposés alors que les valeurs donnent la certitude d'avoir été épousées. J'ai compris pourquoi il ne faut pas tolérer l'intolérable, pourquoi il faut savoir être dur avec soi-même pour garder son honneur et sa bienveillance, pourquoi il faut avoir la foi car elle est source de paix et d'espérance.

Tu m'as appris en me bousculant à me battre pour ce que je voulais vraiment, tu t'es dressée contre moi au risque de me perdre, pour tester ma volonté face aux choix que je voulais faire et me prouver que si j'avais la force de le faire envers et contre tout ce serait alors le bon choix.

J'ai trouvé les 3 mots que j'aime entendre dans la boîte à trésors. J'ai glissé une petite boîte à trésors aussi pour toi Maman avec ces mêmes mots et il y a dans ces mots tout mon monde et mon monde à venir.

Un des plus beaux cadeaux que je peux te faire même si tu le sais c'est de dire à mes enfants Iman et Giulian et mon petit-fils Eden, tes petits-enfants et arrière-petit-fils que je les aime et que j'ai pour chacun d'entre eux, moi aussi des boîtes à trésors qu'ils ouvriront en temps voulu.

Je ne me souviens pas de ma voix enfant mais je n'oublierai jamais la tienne Maman….
Il aura fallu en entrant dans cette église aujourd'hui, cet Ave Maria de Schubert pour me révéler ton cadeau pour moi....je te donne en cadeau ce dernier Ave Maria à ma façon en quittant cette même église...puis il y

aura le silence rempli de doux souvenirs, ce silence dont on m'a dit un jour « qu'il est encore plus beau que la musique elle-même ». Je t'aime Maman.

Il y a des ressentis que les mots ne pourront jamais expliquer et pourtant je n'ai pas envie de les taire. Personne n'est plus convaincue que moi qu'il y'a dans le silence quelque chose d'élégant, de charismatique même. Parfois il faut rompre avec cette élégance comme on rompt avec le maquillage et les habits chics le temps d'une journée solitaire au creux du canapé, enfouie sous la couverture qui masque le vieux pyjama aigri.

Bien au-delà du simple émoi que provoque un regard échangé, les yeux sombres de ces jeunes hommes me fendaient l'âme littéralement.

Paradoxalement, leurs bras semblaient fermés comme le sont les bras protecteurs qui vous enlacent, pas ouverts comme ceux qui vous lâchent...leurs sourires étaient francs, directs, sincères, loin des sourires narquois et moqueurs qu'on m'adressait en ce temps-là, moi qui vivais affligée sans oser le dire.

Quelques années plus tard, c'est le regard de celui qui deviendra mon second mari qui me fendit l'âme. Pour la première fois je sus ce que peut contre toute attente provoquer le parfum d'un parfait inconnu, ce parfum composé pour vous seule et qui épouse votre destin. Enfouie dans ses bras où je trouvais enfin ma place sur cette terre, je respirais enfin. Il fut et est le premier et le seul à m'avoir qualifiée non pas par ce que je suis mais par tout ce que je ne suis pas. Ce contre-courant dont il fit son parti pris pour me redonner confiance en moi sonna comme une évidence.

Ses yeux noirs, les mêmes qu'il transmettra quelques mois après à notre petit garçon, sont le reflet de ce que la vie peut offrir de plus inattendu et de plus fou. Alors ai-je ressenti de l'amour au premier regard ? Non. Cela va bien au-delà, c'est un état de béatitude, une passion sans heurts et sans compromis. Dans la béatitude je retrouvais le sacré, le secret de la vie et le goût du Tout. Voilà comment et pourquoi je l'aime.

Le mystère comme le silence a son élégance et ses lois.

Il sait comment combler ma solitude sans la déranger, sans nier que pour moi elle est parfois essentielle. Il sait respecter mes silences et attiser ma confiance. Il sait comprendre les non-dits qui parlent au cœur. Il est le réconfort de l'aurore et de tous les crépuscules. D'un bout à l'autre du chemin, sa main dans la mienne, il guide ma joie et notre bonheur et renouvelle sa promesse chaque jour sans jamais flancher.

J'aime les vieilles choses. Celles qui ont traversé le temps et qui parlent au cœur. Posséder ces objets dont le souvenir m'arrache autant de sourires que de larmes est essentiel à mon équilibre.

Beaucoup s'étonnent: je garde les vieilleries de belle facture que j'ai héritées comme d'autres collectionnent des objets d'art affreux fabriqués à la chaîne.

A chacun sa route, à chacun ses valeurs.

C'est ma façon personnelle de m'ancrer dans le présent et m'élancer vers l'avenir.

C'est rendre hommage à ceux qui me les ont léguées avec l'espoir que je ressente la joie qu'ils avaient éprouvée en les héritant avant moi. C'est le lien qui perdure et renaît sans cesse de l'aube d'une vie au crépuscule d'une autre.

Je prends soin de chacun d'eux puisqu'ils contiennent un morceau de vie de ces êtres chers. Il suffit de les toucher pour ressentir à nouveau la chaleur du chocolat chaud que préparait ma mère et qui s'échappait de la tasse en porcelaine, la saveur du sorbet citron goûté pour la première fois dans les coupes en cristal et l'émotion palpitante procurée par le collier de perles accroché à mon cou par les mains aimantes de mon père.

Je porte la bague de fiançailles que mon père a offert à ma mère et je mesure émerveillée ce que signifie plus d'un demi-siècle d'engagement, d'amour et de respect.

Souvent j'utilise ces objets et le bruit des lourds couverts en argent me projettent au temps des repas de mon enfance, il y a cent ans.... il y a 1000 ans.

Alors non, je ne jetterai rien, je ne renoncerai à aucun d'eux car ce serait comme m'amputer de mon âme et de leur mémoire.

Il neige à Vérone. Depuis longtemps.

Sous le poids du souvenir de deux enfants qui s'aimaient, il n'y a rien de romantique à Vérone. Sous le balcon, des yeux se lèvent vers le seul amour impossible qui ne l'était pas. Que pourrait donner cette pauvre enfant Juliette à ces amoureux transis venus chercher à ses pieds la promesse d'une passion sans poison ?

Qu'y-a-t-il de si époustouflant à Venise entourée d'égouts gigantesques à ciel ouvert? Qu'y-a-t-il de si incroyable sous les masques

de carnaval dissimulant des rictus effrayants et de piètres desseins ?
Sur la place San Marco les pigeons ne sont plus voyageurs et se nourrissent des graines vendues à prix d'or aux touristes romantiques sur qui ils déversent leur fiente dédaigneuse.

Florence la monstrueuse concentre en son cœur les reliques du passé mieux conservées que les façades décrépies du reste de son corps. Florence qui attire les amateurs d'art du dimanche en quête de munition pour briller à leur prochain dîner mondain. Son tristement célèbre monstre de Florence a un jour décrété qu'il fallait tuer l'amour en

transperçant les couples romantiques
à coup de balles de long rifle.

Rome et ses jeux d'ombres et de
lumières aux secrets de polichinelle
trop bien gardés qu'on n'ose à peine
en parler plus.

Les endroits romantiques n'existent
pas, il n'y a que les situations qui le
soient et ce sont les circonstances qui
les définissent, lorsqu'Il plante dans
notre jardin les fleurs que j'ai
achetées, lorsqu'Il repeint un vieux
banc décrépi où j'irai m'asseoir pour
voir la lune se lever et les étoiles
danser, lorsqu'Il me parle de ses
souvenirs d'enfance entre émotion et
fou- rire ou lorsqu'Il se réjouit d'un

jour de congé qu'il emploiera à respirer notre présence, Il crée ces souffles romantiques plus vibrants que les plus belles villes du monde.

Elle serrait les dents et regardait les étoiles danser dans l'obscurité qui semblait sortir tout droit de son être. Elle restait debout, les pieds nus enfouis dans l'herbe fraîche. Avec sa chemise de nuit claire elle était le reflet sur la terre de cette étoile dans le ciel. Elle se regardait dans ce miroir gigantesque sans début et sans fin.

Sa vie entière était faite de miroirs: Certains étaient indifférents, sans tain et la prenaient au dépourvu; certains étaient brisés et leurs éclats renvoyaient au centuple les peurs qui, derrière elle s'animaient.

D'autres encore étaient recouverts d'un gigantesque drap blanc poussiéreux et durci par le temps, qu'aucune main ne touche plus à force d'être maudits.

Elle avait aussi quelques miroirs de poche sertis de pierres précieuses qui la rendait belle de temps en temps.... des miroirs déformants qui souvent l'effrayaient.

Au milieu de sa chambre trônait l'immense miroir ancien taché du poids des souvenirs qu'une corniche baroque enlaçait jalousement. Cet immense miroir, héritage de sa grand-mère et de sa mère avant elle, lui renvoyait chaque matin en guise de réconfort les images de son passé et du passé de ses aïeules. Il était le témoin muet des grimaces et des danses enfantines, des tenues trop grandes empruntées à sa mère pour lui ressembler, des premiers fards maladroitement appliqués sur sa peau diaphane, des premières larmes d'amour et des chagrins immenses. De ses joies et de ses peines il était le compagnon inerte comme il fut le réceptacle des émotions de celles qui le possédèrent avant elle. Parfois elle voulait le traverser pour découvrir ses secrets mais se résignait aussitôt, consciente qu'elle se blesserait pour les atteindre.

Il était le reflet de son âme, la protection contre un présent capricieux et un futur fallacieux.

Elle portait sur son visage la douleur
de l'oubli. Elle était dotée de cette
beauté façonnée par la liberté et
l'expérience et où se devinent encore
les traits fins de l'esquisse qui l'ont
vu naître.

Elle n'était ni prédestinée ni
condamnée à suivre un chemin alors
elle marchait comme on marche sur
la voie lactée. Avec autant de
confiance que de confusion, elle
tissait son futur au fil de l'eau et
parfois au bord des précipices. Elle
adorait tendre l'oreille pour écouter
ses propres silences. C'était sa façon à
elle de se reconnaître.

Elle pleurait rarement mais

compensait l'absence de larmes en bénissant les jours de pluie. Elle les aimait comme on aime pour la première fois.

Elle tenait des colloques ici-bas avec les absents de là-haut et leur racontait ce qu'ils savaient déjà. Elle choisissait avant de s'endormir les rêves qui viendraient la hanter.

Parfois pour les vivre, parfois pour les tuer.

Elle riait aux éclats pour s'échapper et se cacher.

Elle savait que nous ne sommes que des étoiles filantes et c'est ainsi qu'elle vivait.

L'humilité marque la différence entre la prétention d'être quelqu'un et aspirer à devenir quelqu'un. La seconde est supérieure en force à la première.

Ainsi, il prétendait gagner toujours plus alors que j'aspirais à perdre le moins possible.

Il prétendait imposer ses principes alors que j'aspirais à diffuser mes valeurs.

Il prétendait être plus fort, plus intelligent que moi alors que j'aspirais à être moins faible que la veille et plus éclairée que l'an qui venait de passer.

Il se battait avec ses contradictions contre mes convictions qu'il voulait tuer.

Il était prétentieux et cherchait à atteindre par la main des autres tout ce qu'il désirait : Ceci est le lot de ceux qui sont voués à ne jamais grandir, enfermés dans leur inconscience éternelle.

Pendant qu'en silence je donnais au destin le coup de pouce nécessaire au miracle que j'attendais de lui.

On m'a appris à supporter dans le silence qui élève, les montagnes russes émotionnelles de ces êtres plats qui secouent fièrement sous votre nez les provocations et les attaques.

On m'a enseigné non pas à me défendre mais à évaluer scrupuleusement les batailles auxquelles je prendrai part.

Certaines ne valent pas la peine d'une réponse face à face. Il vaut mieux ignorer les sous-entendus terriblement marqués par le sceau de la cruauté.

D'autres ne valent même pas le papier servant à rédiger une cynique prose puisque l'infâme destinataire ne connaît aucun de ces termes.

Ce ne sont que menues monnaies qu'on récolte lorsqu'on entre en conflit avec des êtres pétris de méchanceté.

Une vague satisfaction d'avoir, sans surprise « moucher » l'attaquant, ne laisserait que le goût amer d'une victoire sans efforts.

J'ai le goût de l'effort : il donne à mes victoires le parfum du mérite et la séduction de la légitimité.

Si d'aventures, il faudrait toutefois que je combatte, ce ne serait que pour défendre mes valeurs et mon honneur.

Chers provocateurs, je ne puis répondre à votre invitation puisque vous ne causez aucun dommage ni à mon honneur, ni à mes valeurs. Mon nid a été construit en hauteur par un aigle depuis ma naissance.

D'en haut je mire votre basse-cour et vous plains.

Ni plus, ni moins.

La compagne "va-et-vient" est, par définition, toujours entre-deux parfois entre eux deux.

Elle est entremet, entrechats, trop effrayée pour rester, pas assez courageuse pour partir. Elle reste dans l'entrebâillement de la porte ne sachant pas s'il serait plus poli d'entrer ou plus judicieux de partir . Ce genre de compagne revêt la forme d'une personnalité creuse: vous y mettez ce que vous voulez quand vous voulez tel le vide poche du meuble à l'entrée. Si vide que les épisodes un peu troublants sont vécus par elle comme une grande aventure tant ils sont effrayants. Sa fragilité est heurtée, sa faiblesse en redemande, son hypocrisie la protège.

Sans jamais avoir conquis la maison toute entière sans jamais avoir été plus loin que le vestibule, elle est toujours entre ces deux feux: l'indécision et l'indécision.

Elle passe sans laisser de souvenirs ni aucune trace, si ce n'est un léger et subtil sillon baveux sur le sol, comme un petit poucet le ferait avec de blancs cailloux. Elle porte souvent comme prénom un nom commun. Et c'est déjà trop.

A Paris j'ai appris à regarder le monde avec ce qui il contient de meilleur et de pire.

On ne visite pas Paris, on l'inspire et on l'expire. Chaque respiration désormais n'aura plus jamais la même profondeur.

On ne se promène pas à Paris, on y flâne dit-on: c'est comme partir à l'aventure mais sans sac-à-dos.

Paris, c'est s'attendre à rencontrer l'improbable.

C'est entrer dans une vieille librairie et s'enivrer de l'odeur du vieux papier qui dort sur une étagère poussiéreuse. C'est discuter avec le libraire au pantalon en velours côtelé aussi usé que ses mocassins anglais et se laisser convaincre que vous ferez de sa boutique l'antre du reste de votre séjour.

C'est à la nuit tombée, survoler du regard, un verre de bordeaux à la main, les toits de Paris et les trouver jolis.

C'est s'asseoir à la terrasse d'un café, un carnet de marque "Merveille «et une plume pour tous compagnons et y déposer, après avoir pris une gorgée de café liégeois pour se donner du courage, les mots insensés que Brel inventait et sentir l'inspiration devenir votre alliée.

C'est vouloir chanter des mélodies romantiques nées dans les ruelles discrètes en vous habillant d'une âme de saltimbanque.

C'est aussi entrer dans les musées comme on entre en prière et y ressortir plus fervent et croyant que jamais devant tant de beautés créées de main d'homme.

C'est croiser les charmes de ces hommes et femmes qui vivent sous la lumière rouge d'un moulin à vent et se sentir touchée de tant de sensibilité et de courage. C'est leur accorder un sourire, un morceau de votre temps et les délester d'un peu de leur détresse.

C'est échanger quelques mots avec le peintre des rues à la vie "au jour le jour" qui dessine dans la mémoire une palette aux mille couleurs où tout l'espoir et la foi que vous devez vous accordez à vous-même sent bon la térébenthine, les bleus outremer autrefois plus cher que de l'or et le carmin qui valait bien le sacrifice d'une cochenille.

C'est glisser dans le creux de cette main tachée de dure labeur, quelques sous pour qu'à la fin de ce jour, il puisse goûter au repos sur le lit d'une chambre de bonne revêche et avaler un bol de soupe tiède où valsent un duo de croûtons rassis d'amertume. En échange de ces quelques pièces vous emporterez une toile qui trônera dans le confort de votre salon tel un morceau de son cœur emprunté à jamais.

Et loin de Paris, chez vous, vous fixerez chaque soir cette toile qui commencera à vous raconter une histoire, vous verrez au-delà de cette œuvre ce que le monde ne voit pas, elle sera pour toujours le reflet d'un artiste en galère entre son talent et la reconnaissance de ses pairs, vous toucherez du doigt la définition même du sacrifice, de l'amour, de l'espérance et du don de soi.

Paris c'est aussi se plonger dans la volupté des profonds canapés des hôtels huppés pour s'y sentir seigneur et philosophe. C'est chercher des yeux quelques comédiens, quelques écrivains pour un voyage intellectuel éphémère, le temps que la pluie cesse de battre la cadence sur les pavés qui cachent la plage.

C'est se brûler les lèvres sur la porcelaine d'une tasse de chocolat maison et y retrouver ses souvenirs d'enfance, quelques larmes et un sourire. C'est croiser le regard d'un bel inconnu et découvrir que Paris est la ville de l'amour, celui qui espère et celui qui désespère.

C'est l'envie soudaine d'y échapper en se réfugiant dans ses parcs et jardins peuplés de gens, pour se sentir heureusement anonyme...outrageusement transparente.

C'est naviguer le long de sa Seine en soirée et lui voler ses lumières pour retrouver l'éclat de nos insouciantes jeunes années.

C'est filer à vive allure sur les grands boulevards dans le confort d'une limousine qui vous emmène dans les quartiers chics où vous attendent vos futurs tailleurs, talons aiguilles et parfums enivrants.

Paris c'est tout cela et même plus.

Et en cela Palerme et Paris me donneront toujours le même frisson, la même émotion, les mêmes incertitudes.

Je suis heureuse d'avoir de tes nouvelles. Octobre est passé et bientôt novembre sera passé lui aussi et, avec ces derniers mois, passera aussi cette année si étrange, si corrompue par les souffrances endurées par le monde entier.

Certains auront perdu leurs rêves et leur ambitions, d'autres auront perdu la foi, la santé, l'espérance, et d'autres encore auront perdu la vie, des vies.

Aucune promesse ne pouvait être tenue et pour cela tu ne dois pas t'en vouloir. Absolument pas.
Évidemment pas.

Je rythme ma vie très différemment que je n'ai pu le faire par le passé: j'ai découvert le bonheur de ne pas être totalement libre de mes mouvements: aller à la rencontre des gens, me mêler aux foules.

Beaucoup le vive comme une douleur, tandis que moi je le vis comme une liberté absolue. Paradoxe encore de ma personne: plus je suis enfermée chez moi et plus je me sens libre, délestée de tant d'obligations quotidiennes qu'en temps normal il fallait assumer.

Je n'ai jamais vraiment aimé l'obligation de côtoyer et rencontrer ou discuter avec les gens. Je devais juste le faire, comme tout le monde.

Si ce monde, d'ailleurs,
devait s'enfermer encore un long
moment pour renaître, se nettoyer,
pour s'illuminer à nouveau, comme
un grand retour en arrière, du temps
où tout était plus franc, plus vrai,
moins sale; cela ne me dérangerait
pas.

Mais voilà une pensée bien égoïste
envers tous ceux qui ne rêvent que
de reprendre leur vie là où ils l'ont
laissée.

J'avoue que ma famille me
manque, je ne puis les voir souvent.
Mes amis me manquent aussi,
certains en tout cas.

Et dans tout ce marasme, qui au final pour moi n'en est pas un, Toi aussi tu me manques beaucoup.

Mon ami chéri, ne sois ni tellement, ni terriblement désolé que nos vies aillent au rythme des saccades de nos humeurs, car nos vies, comme toujours, font ce qu'elles peuvent.

Non, je ne me shooterai pas...Pas encore. Pas avant qu'en mon for intérieur ma petite voix, tant de fois bien éclairée, ne me livre sa conviction.

Non, je ne dérangerai pas...Personne.

Je resterai recluse s'il le faut, laissant le monde à leurs libertés aussi légitimes que les miennes.

Non, je ne jugerai pas....Non plus. Je garderai secret ce temps qui nous a reclus et qui m'a parfaitement convenu. Je garderai, je vous l'assure, bienveillant mon regard sur les gens qui se plaignent de ne pas pouvoir se mouvoir et qui me font prendre toute la mesure de leur besoin de se fuir pour se supporter, d'écarter leur pouvoir d'analyse pour constater si le temps les a vu grandir ou choir, s'ils sont passés d'adolescents endormis à adultes accomplis.

Non, je ne donnerai pas mon avis... Promis. Je ne donnerai pas mon avis sur l'enchaînement mystérieux qui placent et mélangent les libertés de ceux qui veulent risquer leur vie ET LA MIENNE avec celle, très humble, de ne vouloir rien risquer juste pour moi-même.

Non, je n'apposerai pas mon regard inquisiteur sur ceux qui, avec leurs manières de vouloir me commander, me dérangent.

Non, je ne me moquerai pas...Juré !
De ceux qui placent la liberté d'avoir
et pouvoir faire, au-dessus de la
liberté d'être et de devenir.

Non, je ne revendiquerai pas ma
volonté d'aspirer à perdre le moins
possible face à ceux qui prétendent
vouloir gagner toujours plus.

Je me contenterai d'effacer toute
tentative de compromis si celui-ci ne
sert que vous. Et je laisserai la
tentation de me placer au premier
plan m'envahir à chaque instant,
puisque j'ai laissé derrière la porte de
mon adolescence, il y a bien
longtemps, les utopies d'un monde à
la Pangloss.

Islande, 14 février 2047: Une belle balade aujourd'hui sous le soleil de l'hiver, il faut dire que ça faisait bien quatre ans qu'il ne faisait pas si froid en hiver, mon thermomètre indique 29 degrés. Bien couverte grâce au scaphandrier anti rayon UV, je dois dire que je ressens à peine la fraîcheur. J'ai lu un livre d'histoire ce matin....il paraît que jusqu'en 2021 les gens fêtaient la st Valentin en offrant des fleurs...ou en allant manger au restaurant. Pff, on n'aura pas connu les fleuristes ni les restaurants, ce plaisir de manger côte à côte avec des inconnus me semble étrange...mais ça devait être plutôt sympathique, il paraît que les restaurants ont disparu après le 10ème ou 15ème confinement je ne sais plus...Ah s'ils avaient su alors ! Bref ! Enfin une bonne nouvelle aujourd'hui, nous allons pouvoir sortir de ce 122ème confinement d'ici 3 ou 4 mois et pour quelques semaines avant le 123ème confinement. De toute façon on ne pourra pas descendre plus bas que le nord de la France car plus bas règnent des températures indécentes : Plus de 50 degrés à l'ombre et avec tous les réticents au 38ème vaccin ce n'est pas gagné, on n'est pas sorti de l'auberge -j'adore utiliser des termes moyenâgeux disparus, ça fait érudit-

Après ces bonnes nouvelles je vais aller préparer deux ou trois comprimés de protéines pour le repas de ce soir et un comprimé de tarte aux pommes, il faut savoir se faire plaisir de temps en temps. Puis on appellera notre famille qui vit à 200 mètres pour se raconter notre journée puisque on ne peut pas vraiment se voir. Bien que parfois on promène nos chiens et on se fait signe de loin, ce n'est pas pareil...On les voit de plus près sur l'écran tout comme les collègues d'ailleurs. Je vais changer de travail je pense, la retraite est à 82 ans, je n'ai plus envie de travailler si longtemps, je veux essayer de cultiver des fleurs, peut-être que j'arriverais relancer ce vieux business ! Il faut que je calcule l'investissement que ça représente, je vais le faire comme on nous a appris: « Aussi vite que possible et aussi lentement que nécessaire ». Ce serait peut-être joli des fleurs dans le bunker non ?

Derrière moi : Son ombre. Je suis vivante.

Elle est là, je la sens qui attend que je me retourne. Je ne le ferai pas. Je le répète sans cesse pour me convaincre.

J'entends certains mots qui se brisent comme des coups de hache sur ma confiance, je les entends mais ne les écoute plus, écœurée de ces répétitions monotones nées pour effrayer, empêcher ou blesser.

Les yeux mi-clos pour ne voir que l'essentiel, j'avance en feignant de l'ignorer : Elle, la cruauté. Les yeux mi-clos tout est possible : Oublier, oser, effacer, renaître. Rapide, elle me talonne.

Je dois marcher plus que de raison. Elle n'est jamais bien loin, prête à me défier à chaque instant. Je veux continuer à croire que le meilleur moment lorsqu'on quitte pour un temps la maison, est le moment du retour, quoiqu'il en coûte aux souvenirs.

J'ai envie de me retourner pour qu'elle découvre ce qu'elle a fait de moi: Une créature larmoyante à la force cependant très vive pour la détruire....Je ne le ferai pas. C'est le seul pardon que je puisse lui accorder: Ne plus me retourner, jusqu'à ignorer son existence, voilà sa punition. J'aurai sa peau en cicatrisant la mienne. J'étoufferai sa voix en taisant mes sanglots. Elle n'a

aucune empathie, j'ai de la répartie !
Et si pour la faire mourir, je dois en
pâtir, je l'emporterais du haut de
cette falaise jusqu'aux tréfonds de la
mer. J'aimerais maintenant voyager
de répit en répit et plus jamais de
mal en pis. La cruauté ne sait ni
feindre ni se défendre. Elle ne peut ni
fléchir ni réfléchir. Elle a plusieurs
visages : Celui de la peur, peur pour
ceux qu'on aime, celui du temps qui
fuit et vous rattrape, le visage du
regret et celui du renoncement, le
visage du courage des autres, le
visage du train qui passe sans jamais
s'arrêter, des occasions échues et de
tous les " c'est peine perdue" dont on
s'est convaincus. Le visage de la
torpeur et celui de la lenteur. Le
visage de l'amour parfois, de la haine

souvent. Le visage de cet inconnu, des arnacoeurs, des pessimistes et des rancuniers. Le visage du doute comme de l'assurance. Le visage inexpressif parfois vérolé de méchanceté auquel on trouve des excuses, le visage bienséant de la chance et du hasard, le visage accusateur et réprobateur des chacals errants. Elle a parfois le visage sarcastique et moqueur qui vous fait perdre de la hauteur. Mais elle a surtout son propre visage, cruel comme elle la cruauté : Ce visage trop pensif, qui manigance votre échec....et vous matte.

"Cher Tinley, dans le sillon de tes petits pas se dessine les couleurs de l'absolu.

Tu pars loin des tiens sans savoir quand et si tu vas les revoir.

Tu pars en confiance avec le courage de ta terre au fond du cœur, cette terre du dragon de tonnerre qui t'anime. Un léger baluchon sur le dos, tu emportes la pauvreté de tes proches et toute cette sagesse qui déjà t'as été transmise.

Tu pars rejoindre le monastère qui te verra grandir, sais-tu que le chemin que petit tu accomplis donneras à ton âme une avance considérable sur l'âme du monde?

Je te regarde dans les yeux et ce sont les yeux de mon petit-fils que je vois. L'envie de te serrer dans mes bras pour te protéger me saisit et je me résigne devant ton sourire.

C'est toi qui viens de me prendre dans tes petits bras, pour me protéger de l'inconnu, du doute, du manque de courage, de la peur de l'échec et de la difficulté.

Comment as-tu déjà tout cela au fond du cœur ? Au nom de quelle loi t'es-tu fait maître de tant de qualités qui manquent en ce monde?

Tu me rassures et me dit:

- De quoi aurais-je peur puisque je ne sais rien de ce qui m'attend ?

Comment puis-je mesurer la difficulté du chemin si je ne le parcours pas? Pourquoi je déclarerais forfait alors que rien ne me dit que je vais échouer ? Et pourquoi penses-tu que c'est le courage qui m'anime alors que ma seule quête pour le moment est d'éviter de rester immobile ?

Le danger est autant présent si je pars ou si je reste ici, il y a plus de danger même à rester ici que de tenter l'aventure pour aller m'instruire. Ce qui m'attend peut être effrayant ou magnifique. Quant à l'échec je n'y prête pas attention car ce n'est pas une victoire que je poursuis, juste une route. Avec toute la légèreté de mon enfance délestée de préjugés, je ne présume de rien. Un pas après l'autre j'avance vers demain, et bien des jours encore s'écouleront dans la neige et le froid avant que je n'atteigne le monastère où je commencerai à devenir un homme. C'est seulement à ce moment que je pourrai te dire si mon voyage fut difficile ou intéressant, effrayant ou éclatant et mon récit alors n'aura plus vraiment d'importance puisque j'aurai atteint le but...à quoi servirait alors de juger ce voyage qui fera déjà partie du passé? Ne devrais-je pas m'employer tout entier à créer le parcours du reste de mon existence ? Et ouvrir grand mes bras afin d'accueillir les événements tels qu'ils se présenteront ?

- Sais-tu que j'aime voir la neige tomber silencieuse, bien blottie sous une couverture auprès de la cheminée, sais- tu que la montagne

me fait peur...que loin de la mer
j'étouffe et me perds? Te voir gravir
ces montagnes fouillant de tes pieds
ces montagnes de neige escarpées me
comble d'admiration petit homme
mais j'ai si peur pour toi.

- Tu devrais avoir peur pour moi non
pas à cause du voyage dangereux
mais à cause du manque
d'instruction qui me guette si je reste
ici...
- Tu as raison, mais quel sacrifice
tout de même pour un enfant si
jeune...
- Je ne connais pas le sacrifice, je ne
connais que la résilience face au
choix. Le bonheur est partout et la
capacité de résilience y contribue.
Je peux choisir de sourire ou de

pleurer, chaque jour c'est moi qui choisis. Tu peux choisir toi aussi d'avoir peur ou d'avoir confiance.

- Le secret du bonheur ?

- Le choix d'être heureux

-J'aurais voulu t'apprendre des choses...mais tu sembles connaitre l'essentiel et l'essentiel c'est tout! Alors je vais m'assurer que là-bas, tout le nécessaire à ton instruction soit à portée de ta main, ce sera ma façon à moi de te protéger. Tu sais ce que je ne savais pas encore..."

Il me sourit. Je le regarde dans les yeux et je vois les immensités immaculées du toit du monde qui s'y reflètent. Je n'ai plus peur de la montagne et je respire enfin.

J'avais l'habitude de me confier à elle,
chaque jour, à la fin du jour, au
moment où le soleil se retire et laisse
place à son grand amour la lune. Je
déroulais quotidiennement mon
même rituel: Assise, les pieds enfouis
dans le sable qui avait revêtu sa
fraîcheur, je lui confiais chaque
parcelle de mon être, chacune de
mes espérances. Elle me répondait de
sa voix inoubliable. Je la trouvais
étrangement calme, comme fatiguée
d'avoir existé tout le jour; pourtant
elle restait là sans l'intention de se
retirer, sans possibilité de le faire, elle
était mon otage consentant et je ne
l'avais rien que pour moi le temps

qu'il fallait aux parents pour ranger tout ce que nous allions ressortir le matin d'après et ce, durant deux mois que je jugeais toujours trop courts.

Venait fatalement le moment de se quitter pour la nuit, c'était pour moi un déchirement tant je m'étais attachée à elle. J'aurais voulu dormir près d'elle chaque nuit. Rarement j'ai pu le faire et ce sont certainement mes sommeils les plus doux, bercée par sa voix familière et monotone qui pas une seconde ne se tait. Je ne suis pas sûre qu'elle ait ressenti le même déchirement, le même attachement pour moi. Elle était libre, sauvage, elle existait avant et malgré moi et continuerait d'exister sans moi. Souvent sa colère se déchaînait sur ceux qui pensaient pouvoir la maîtriser, nous étions semblables en ce point. Parfois elle faisait preuve de générosité, offrant quelques-uns de ses trésors que certains s'empressaient de revendre ou de consommer...Elle se vengeait violemment de ceux qui la salissait, une vengeance d'autant plus violente qu'elle était lente et progressive, une violence à laquelle personne ne s'attend...mais que d'une certaine façon on pressent.

Elle endort grâce à sa beauté hypnotique, beaucoup craignent de la toucher, ne la caressant qu'en surface, d'autres se jettent à corps perdu dans ses bras. Je l'ai toujours approchée avec respect: Pas par peur mais par amour, avec un

profond et sincère amour...Dans
quelques jours j'irai la retrouver, elle,
ma mer de Sicile, la mer de toutes les
mers. Mon cœur se gonfle de joie
comme de peine pour l'avoir sans
raison justifiable quittée si
longtemps.

Nous décidons de couper par une ruelle au hasard pour rejoindre le grand boulevard. Notre regard se tourne vers la gauche au moment où nous passons devant un atelier qui serait passé inaperçu si - une fois de plus -, le sort n'était pas intervenu. Je ne sais plus si sur la façade discrète, un quelconque nom est gravé, si la porte est entrouverte, je sais seulement qu'il faut entrer et que nous sommes à quelques pas de l' « *Opera dei Pupi* » ; en plein cœur du Palerme artistique, magnifique ! A quelques pas du *Teatro Massimo* et du *Palais Majorana* !

Elle y pénètre la première, ma

cousine, l'artiste de la famille,
comme aspirée par ce lieu d'où se
dégage une odeur subtile de
créativité. Oui, la créativité a une
odeur et je sais la reconnaître.
J'emboîte le pas de celle qui
remarque avant moi que le destin
nous a conduites ici et reste
stupéfaite devant l'immensité des
toiles où, immobiles, trônent des
corps aux visages parfaitement
ronds. Trop ronds, pensé-je.
Ce sont des poupées aux habits
colorés. La plupart ont les yeux
bleus, toutes ont une bouche en
forme de cœur rouge sang sur
laquelle s'affiche un sourire à peine
perceptible. Ma cousine me regarde
et me dit interloquée: " Elles ont tes
yeux, je n'y crois pas, le type va

s'évanouir, il va penser que sa poupée a pris vie ! " Elle ne croit pas si bien dire...Je me retrouve devant d'autres moi-même, inanimées dans leurs habits de princesse, entourées des vieilleries que j'affectionne tant. Le choc est immense ; je me ressaisis. Ma première exclamation qui sonne comme un bonjour à l'artiste le fait se retourner ; il nous accueille avec un large sourire. Quelle joie est la mienne de découvrir tous ces tableaux de poupées ! Tout à coup je vois les toiles représentant Pinocchio, immenses elles aussi, sur-colorées, sans doute pour exagérer un sentiment de joie et d'enfance. Oh que ces tableaux habilleraient de façon merveilleuse les murs de la chambre de mon petit-fils !

Je reste fascinée par les couleurs qui explosent de vie. Pourtant, plus je les observe, plus le paradoxe devient évident : Cet élément censé être comique ou enfantin porte en lui la lourdeur de la tristesse et du ridicule qui fait pleurer, je reste songeuse. Je ne vois plus ces merveilleux tableaux dans la chambre de mon petit-fils.

Je me tourne vers cet homme, pinceau à la main, et son doux regard me confirme qu'il a été choisi pour enfanter et révéler le tragi-comique de l'existence. . Il est Palermitain, comme moi. Palerme coule dans ses veines, comme dans les miennes.
Derrière Pinocchio, je pressens que le message à retenir est celui d'un

monde bien différent de ce que l'on croit. La leçon est qu'il ne faut pas se fier aux apparences : Rien n'est vrai, chaque affirmation devient fausse à peine on la prononce, me dit-il, après que je partage avec lui mon sentiment. Son long nez n'est plus la preuve de ses mensonges mais le moyen d'affronter cette existence. J'ai vu juste, il confirme et j'en suis rassurée.

Pinocchio semble avoir trouvé un nouveau père en la personne de cet artiste : Il a commencé à les peindre en 1996….année de naissance de mon premier enfant. Heureux hasard ?

Il est ému, la rencontre est bien là, sans faux-semblant. Quelques minutes auront suffi pour me prouver que les apparences sont trompeuses et que je sais faire couler quelques larmes sans honte. Il a l'air déstabilisé, scrutant mon regard bleu comme s'il voulait s'assurer qu'il l'avait bien fidèlement reproduit sur ses poupées.

Je ne sais pas lui donner un âge, ses yeux sont enfantins, posés sur un visage qui a déjà bien voyagé, entourés d'une chevelure magnifiée d'or et d'argent.

Les sujets de ses œuvres sont si différents les uns des autres que je peine à trouver un fil rouge si ce n'est son coup de pinceau personnel. Je réfléchis encore...et tout devient clair : Le fil rouge existe bel et bien. Il peint des « filles de joie », des poupées pour les grands garçons, pensé-je, à la jeunesse fanée qui s'écroule sur leurs lèvres trop maquillées, grotesques, pathétiques, aux antipodes de la sensualité, leur corps déformé par le temps. Je me dis que cela représente autant le côté physique que le moral décadent.

Tout un pan du Palerme pauvre d'antan…Tout un pan du Palerme riche de l'époque Art nouveau et de son style Liberty qui attirait les aristocrates du monde entier venus goûter aux plaisirs de la chair et de l'esprit.

A côté de cela, les poupées, de vraies poupées pour les petits enfants, semblent vouloir en découdre avec la nostalgie du temps de l'enfance insouciante et incarnent les prémisses d'un monde corrompu dès le plus jeune âge.

Décidemment cet artiste n'est pas dupe. Il y a dans l'apparente douceur une part secrète de violence qui menace de se réveiller ; il y a dans le ridicule une part de drame ; il y a dans le comique des milliers de larmes qui submergent la douceur de vivre qui n'est qu'utopie.

Comme lui, je pense que les poupées sont magiques, elles sont vivantes dans un monde parallèle, tant et si bien que certaines sont effrayantes de véracité et renvoient sans complaisance toute la noirceur de ce monde si vous tentez de l'ignorer.

Il est fasciné à son tour lorsque je lui avoue que depuis toujours je fais parler les poupées et peluches de mes enfants afin de leur faire passer des messages sur la vie, partager avec eux des pensées profondes, des espérances, des mises en garde sur ce monde parfois rude. Il est fasciné d'avoir peint mes yeux sur le visage de beaucoup d'entre elles bien avant de me connaître….Oui, je les utilise, comme lui, pour décrire la réalité qu'il va falloir affronter dans le monde adulte et la condition humaine ! Je les ai utilisées maintes fois comme réceptacle de mes peines et de mes doutes !

Sa capacité à faire grandir ses sujets au fur et à mesure que lui vieillit, me bouleverse. Poupées et Pinocchio au fil des ans deviennent adultes, se marient, aiment, se lient. Je les trouve plus joyeux, plus souriants à mesure que l'artiste avance en âge, comme s'ils avaient gagné en sagesse. Cela me fait de la peine de penser que ces personnages puissent se réjouir du temps qui fuit… Est-ce l'artiste qui au fil du temps est devenu plus joyeux ? Pense-t-il à sa propre fin et s'arrange - afin de ne pas laisser de petits orphelins – pour les faire évoluer vers l'âge adulte à mesure que lui vieillit?

Je suis interloquée et encore loin du compte : La mort, ou telle qu'il la représente, à travers les corps embaumés des catacombes de Palerme n'effrayent plus. Elle devient presque ridicule dans ces corps aux habits devenus trop grands.

Et puis il y a l'Amour.... Il parle ainsi de l'Amour :

« L'amour n'est jamais coupable, ni problématique, ni dangereux…L'amour qui n'est pas raconté, qui n'est pas célébré, qui n'est pas approuvé, alimente des pensées tristes et des guerres incessantes qui néanmoins n'auront pas empêché de dire : Moi, J'ai aimé ! »

Une vieille amitié est née aujourd'hui, nous sommes le 27 août 2021 et moi…moi je suis vivante et j'étouffe loin de Palerme.

Dans ma famille, on ne nous a jamais demandé de faire preuve de courage. Dans ma famille, on nous a directement demandé de faire acte de bravoure, en toute situation.

La bravoure nous était expliquée ainsi: Le sens de l'honneur, l'accomplissement du bien, l'audace, la droiture et la bienveillance. Tout cela sous-entendait l'acceptation du risque.

On nous a appris à protéger les plus faibles plus que nous-mêmes.

Ces actes de bravoure nous ont poussés à développer une résilience incommensurable, le sens du sacrifice personnel pour le bien commun, celui de la famille en particulier. La persévérance et la clairvoyance devenaient alors des armes de défense pour survivre. Nous étions prêts, très jeunes déjà, à affronter les tempêtes de la vie, de la plus petite à la plus violente. Notre réputation de "forts" nous ôtait au passage toutes perspectives d'aide extérieure, matérielle ou morale. Pas de personnes compatissantes pour nous appuyer dans les moments difficiles. Les gens, convaincus que notre force n'avait nul besoin d'appui, se gardaient bien de nous proposer leur épaule pour pleurer. D'ailleurs rares sont les moments où les larmes se révèlent au grand jour. Aucune main n'osait se tendre vers nous, ni pour consoler encore moins pour nous frapper.

On nous enviait notre persévérance comme si celle-ci ne nous coûtait rien. On nous jugeait indestructible et c'est bien cela qui poussait certains à la tentation de nous abattre, sans succès.

On avait trop bien appris comment nous relever, nous dépoussiérer, nous recoudre tout seul et continuer avec la dignité qui demande des efforts mais qui rend forts. C'est le cercle vicieux et vertueux dans lequel nous évoluons sans répit.

On se balade sans cesse d'actes de bravoure en actes de bravoure cachant notre sensibilité au fond de nos âmes. Telle est notre destinée depuis des siècles et l'histoire se répète à l'infini.

Table des matières